AF404795

BERTHOLDE A LA VILLE,

OPERA-COMIQUE,

EN UN ACTE.

Représenté pour la premiere fois sur le Théâtre de la Foire S. Germain le 9 Mars 1754.

Le Prix est de 24 f. avec la Musique.

A PARIS,

Chez **DUCHESNE**, Libraire, rue S. Jacques, au-dessous de la Fontaine S. Benoît, au Temple du Goût.

M. D. CC. LIV.

Avec Approbation & Privilège.

PERSONNAGES.

BERTHOLDE, Payſan

des environs de P..is,   Mrs. {PARAN.
                               de HAUTEMER.

M. DORIMON Traitant Mrs {LA RUETTE.
                         de HAUTEMER.

Mlle. CATIN, Actrice. {DE VILLIERS.
                       QUINSON.

LISETTE, jeune Payſanne. Mlle. ROZALINE.

La Scene eſt à Paris chez M. DORIMON.

BERTHOLDE A LA VILLE,

OPERA-COMIQUE

EN UN ACTE.

SCENE PREMIERE.

BERTHOLDE, *seul examinant le Sallon de M. Dorimon.*

AIR. *Rossignol, ton chant est beau !*

ORBLEU que voilà que c'est beau,
Oh, oh !
Cela coûte bonne somme !
L'or brille à chaque Panneau.
Oh, oh !
C'est trop ç   ' pour un seul homme.

A

Paſſe encor ſi c'étoit quelqu'un d'importance ;
Mais un Bourgeois de Finance
Prendre ſon eſſor ſi haut.
Oh , oh , oh !
Quelle Cage pour tel oiſeau !

AɪR. *Du haut en bas.*

Qu'on eſt heureux
Dans ce monde quand on eſt riche !
Qu'on eſt heureux ,
On peut contenter tous ſes vœux ;
Et ſurtout quand on n'eſt pas chiche ,
Que de bons morceaux on déniche !
Qu'on eſt heureux !

AɪR. *Hélas ! la pauvre fille.*

Ah, ma pauvre Liſette
Que tu riſques beaucoup !
Te voilà ma Poulette
Dans la gueule du Loup.

AɪR. *Palſambleu Monſieur le Curé.*

Eh ouidà Monſieur le Galant ,
Vous voulez croquer nos Filles.
Oh ! vous n'en tâterez que d'une dent ;
Vendez ailleurs vos coquilles.

SCENE II.

BERTHOLDE, LISETTE.

BERTHOLDE.

Air. *Mon Pere aussi ma Mere.*

MAis j'apperçois Lisette ,
Dieux ! comme la voilà.
Ah , ah , ah !
Tout comme une Coquette :
Elle est mise déjà ,
Ah , ah , ah !
Tout ci , tout ça ,
A c't'air là ,
J'augure mal de cela.

LISETTE.

Air. *Non , non Colette n'est point trompeuse.*

Non , non , Lisette n'est point légere ,
Elle t'a donné sa foi.
Peut-elle songer à plaire
A d'autres Galans que toi ?
Non , non , &c.

BERTHOLDE.

Air. *De la Coupe enchantée.*

Quand tu me fis de si tendres promesses ,

Tu n'avois vû que ton hameau :
L'air de Paris guérit de ces foiblesses ,
On s'y fait un plan tout nouveau.
De ces gens-ci ne prends pas la maniere.
Tout est chez eux, adresse & fausseté :
Leur bouche parle un langage apprêté ,
Et leur cœur dit tout le contraire.

ARIETTE PREMIERE. N° 1.

Quand le hafard ,
Enfemble
Les raffemble
Quelque part ;
» Bon jour mon cher Monfieur ,
» Embraffons-nous , d'honneur ,
» Je fuis de bon cœur
» Votre ferviteur,
Et dans le même tems
Il rit à fes dépens
Entre les dents.

LISETTE.

Air. Si des Galans de la Ville.

Des beaux Meffieurs de la Ville
Je méprife les difcours ,
Et ne fuis pas fi facile
Que d'écouter leurs amours :
Monfieur Dorimon lui-même
M'offre envain tout fon thréfor.
Je t'ai juré que je t'aime ,
Je te le repete encor ;
Des beaux Meffieurs , &c.

BERTHOLDE.

AIR. *Ton petit minois sans défaut.*

Ma chere enfant, la clef des cœurs,
Ou la clef d'or c'est la même :
C'est du moins celle des faveurs ;
Donne si tu veux qu'on t'aime.
S'il t'offre tous ses biens,
   Tiens,
  C'est qu'il suppose
  Qu'une fille qui prend,
   Rend
 Quelqu'autre chose.

LISETTE.

AIR. *Des Sabottiers Italiens.*

Ne suis-je donc pas fille d'honneur ?
As-tu, de perdre mon cœur,
   Peur ?
Non je n'en veux point d'autre que toi ;
Quand il seroit par ma foi
   Roi.
Ce n'est pas moi qu'on séduit par des présens.
Va, tu verras de quel air je me défens.

BERTHOLDE.

J'entends bien ce que tu me promets,
De ne l'épouser jamais,
   Mais,
Te voilà dans un pas bien glissant,
Il a de l'argent comptant,
   Tant.

A iv

LISETTE.

ARIETTE SECONDE. Nº 2.

Tel qu'un petit oiseau
Folâtre sous l'ormeau,
Je sens l'amour badin
S'agiter dans mon sein.
Ah ! quel plaisir charmant !
Quel ravissement !
Il sautille,
Il frétille,
Il petille.
Mon cœur, Dieu plein d'attraits,
Se livre à tes traits.

Second Couplet.

Dans le fond de mon cœur,
L'Amour d'un ton flatteur,
Tel que l'Echo des bois,
Répete mille fois
Ah ! quel plaisir charmant, &c.

BERTHOLDE.

Air. *Des Fraises.*

Jure donc que l'on rompra
Tous ces desseins bisarres,
Que Berthold' t'épousera,
Et donne-lui sur cela
Des arrhes, des arrhes, des arrhes.

Il l'embrasse.

SCENE III.

M. DORIMON, LISETTE, BERTHOLDE.

M. DORIMON.

AIR. *N'y a pas de mal à çà.*

AH, quel téméraire ?
Il me le payera.

LISETTE.

Monsieur, c'est mon frere,
Il a ce droit-là.

M. DORIMON.

N'y a pas de mal à çà.

AIR. *Laire là, laire lanlaire.*

Quoi ! c'est ton frere, mon enfant ?
Je le prenois pour ton Galant :
En ce cas, c'est une autre affaire.

LISETTE, *ironiquement.*

Laire là, laire lanlaire,
Laire là, laire lanlà.

M. DORIMON.

AIR. *Des Billets doux.*

Pour Secretaire je le prends,
Je lui donnerai mille francs,
S'ils peuvent lui suffire.

BERTHOLDE.

Moi, je ne recule jamais :
Oui, j'accepte cet emploi ; mais
    Je ne sçais pas écrire.

AIR. *Dans le fond d'une Ecurie.*

Plûtôt, si c'est votre envie,
Près de vous de m'employer,
Prenez-moi pour Ecuyer,
Car au soin de l'Ecurie,
Je suis plus propre en effet
Qu'au travail du Cabinet.

M. DORIMON.

AIR. *Ma raison s'en va beau train.*

Soit, par ce moyen, ta Sœur
Que-j'aime de tout mon cœur,
    Voudra bien aussi
    Demeurer ici,
Comme ma Gouvernante :
    Dans ma maison,
    Elle aura nom
De la Surintendante.
      Lon-là.
De la Surintendante.

LISETTE.

AIR. *Pour la Baronne*

Avec mon Frere
J'y peux refter avec plaifir ;
Mais fans lui , je ne puis rien faire ,
J'étois même prête à partir
Avec mon Frere.

DORIMON, *à Bertholde.*

AIR. *Paris eft au Roi.*

Mon cher , en ce cas ,
Suis-moi de ce pas ;
Viens voir tous mes habits ,
Effaye , & choifis :
Ton nouvel état
Demande un éclat ,
Librement prends tous ceux
Qui t'iront le mieux.

Ils fortent.

SCENE IV.

LISETTE, *feule.*

AIR. *Ah qu'il y va gaiment.*

POUR fon Rival il eft galant ;
Ah , qu'il y va gaiment !
Quel fera fon emportement

S'il vient à le reconnoître !
Ah, qu'il y va notre Maître,
Ah, qu'il y va gaîment !

AIR. *C'est une excuse.*

De le tromper, j'ai du regret,
Et mon cœur gémit en secret,
     D'employer cette ruse ;
Mais l'interêt de notre amour
     Exigeoit ce petit détour ;
     C'est une excuse.

SCENE V.

LISETTE, Mlle. CATIN.

Mlle. CATIN.

AIR. *Ton humeur est Cathérine.*

PARLEZ donc, Mademoiselle,
     Contre vous il faut luter,
Et pour une Péronnelle,
Mon amant veut me quitter !

LISETTE.

Quelle est cette jalousie !
D'où vient cet emportement !
Moi, je n'eus jamais d'envie
De vous ôter votre Amant.

Mlle. CATIN.

AIR. *Du Cap de bonne-espérance.*

Ma fureur est sans égale ,
Vous prétendez me duper ;
Mais les yeux d'une Rivale
Sont trop fins pour les tromper.
Malgré le nœud qui nous lie ,
L'ingrat Dorimon m'oublie ,
Et mon cœur dans son courroux
Ne peut s'en prendre qu'à vous.

LISETTE.

AIR. *Sans le sçavoir.*

Faites-vous donc au moins connoître ;
Et que je sçache d'où peut naître
Le dépit que vous faites voir.
De vos desseins sur notre Maître ,
Je n'ai pas pû m'appercevoir ,
Et je vous aurai nui peut-être
    Sans le sçavoir.

Mlle. CATIN.

AIR. *Menuet de Grandval.*

Voyez-vous la sainte-mitouche ,
Fiez-vous à son air niais :
On ne diroit pas qu'elle y touche :
On la prendroit pour un Agnés.

LISETTE.

AIR. *Mariez, mariez-moi.*

Je n'ai point l'esprit jaloux ;
Prenez si c'est votre envie,
Dorimon pour votre Epoux,
Même je vous y convie ;
Mariez, mariez, mariez-vous,
J'en serai ma foi ravie ;
Mariez, mariez, mariez-vous,
Formez les nœuds les plus doux.

Mlle. CATIN.

AIR. *On n'aime point dans nos forêts.*

Moi me marier ! Ah vraiment
Vous joüez ici la novice ;
Je suis une fille à talent,
Autrement dit, je suis Actrice,
Et les filles de mon état
Gardent toûjours le Célibat.

LISETTE.

AIR. *Vous m'entendez bien.*

Comment les Filles parmi vous
Ne peuvent point prendre d'Epoux ?

Mlle. CATIN.

Ce n'est point notre usage.

LISETTE.

Ah, ah !

Mlle. CATIN.

Mais on s'en dédommage.

LISETTE.

Expliquez-moi çà.

Mlle. CATIN.

AIR. *Eſt-ce que çà ſe demande.*

D'un engagement ſerieux
Nous évitons la gêne :
Le ſeul plaiſir ſerre les nœuds
Qui forment notre chaîne ;
Suivant le cas que l'on en fait ,
Notre ardeur eſt plus grande.

LISETTE.

En aimant , quel eſt votre objet ?

Mlle. CATIN.

Eſt-ce que ça ſe demande ?

AIR. *Nous joüiſſons dans nos hameaux.*

Pour ſortir de l'obſcurité ,
Où le ſort la fit naître ;
Une Fille par ſa beauté
Doit ſe faire connoître ;
Partout ſon nom vole d'abord ;
Quelqu'un parle , on s'arrange ;
Et des injuſtices du ſort ,
L'Amour ainſi la venge.

LISETTE.

ARIETTE TROISIEME. No 3.

Votre cœur envain murmure ,
Je vous jure
Que vous êtes dans l'erreur.
Jamais.
Pour moi l'opulence ;
Plus j'y pense ,
N'aura d'attraits :
Il faut faire ,
Pour me plaire
Briller à mes yeux
Des dons plus précieux.

Mlle. CATIN.

AIR. *Allez Lison , ne craignez rien.*

Je reconnois votre candeur.
Adieu , confervez votre cœur ;
Car il en eft plus d'un Larron.
Mais furtout , prenez bien garde à M. Dorimon.

Lifette fort , & Mlle. Catin fort auffi , mais voyant entrer Bertholde , elle fe tient au fond du Théâtre.

SCENE

SCENE VI.

BERTHOLDE, Mlle. CATIN.

BERTHOLDE, *en habit galoné.*

AIR. *De l'amour tout subit les loix.*

QUE de gens on voit à Paris ,
Comme moi vêtus en Marquis ,
Qu'un hasard à peu-près semblable
A fait ainsi changer d'habits.
　　Le bonheur
　Les met en faveur :
　　　　Sans esprit
　　On a du crédit ,
Par celui d'un objet aimable ,
　Le plus sot réussit.

AIR. *Nous autres bons Villageois.*

Je puis donc en liberté
Voir ici ma chere Maîtresse ,
Et sous un titre emprunté
Jouir de toute sa tendresse:
Du Patron l'amoureux dessein
Ne me cause plus de chagrin.
Sûr que ma petite Lison ,
Ne mordra pas à l'hameçon.

Appercevant Mlle. Catin.

B

AIR.. *Ah mon Dieu que de jolies Filles.*

Mais quelle eſt cette joli-femme
Qui s'offre à mes yeux ?
L'abordant...   Que cherchez-vous Madame ?

Mlle. CATIN.

Monſieur, en ces lieux,
Que cherchez-vous, vous-même ?

BERTHOLDE.

Je ſuis du Logis.

Mlle. CATIN.

J'en reſſens un plaiſir extrême,
Nous ſerons amis.

AIR. *Madame en verité.*

Votre habit eſt du dernier beau,
Il vous fied à merveille,
Le deſſein en eſt tout nouveau,
L'étoffe eſt ſans pareille.
A voir en tout
Votre bon goût,
Vous devez être un homme aimable,
Même adorable.

BERTHOLDE, *embarraſſé.*

Madame, ... en verité...
Vous avez bien de la bonté.

Mlle. CATIN.

Air. *Comm' v'là qu'eſt fait.*

Monſieur, ſans paroître incivile,
Oſerois-je vous demander,
Depuis quand notre bonne Ville
A l'honneur de vous poſſeder ?

BERTHOLDE.

Depuis ... la veille de ces fêtes.

Mlle. CATIN.

Ce ſejour ſans doute vous plaît ?
Mais, parmi toutes vos Conquêtes,
Avez-vous fait choix d'un objet ?

BERTHOLDE.

Qu'eſt' qu'çà vous fait.   *bis.*

Mlle. CATIN.

Air. *Tout roule aujourd'hui dans le monde.*

C'eſt que j'ai vû certaine Belle,
Qui demeure en cette maiſon,
Dorimon trop épris pour elle,
Médite quelque trahiſon ;
S'il brûloit d'une ardeur nouvelle,
Je prendrois un Amant nouveau,
Dois-je faire la Tourterelle,
Tandis qu'il fait le Franc-moineau.

AIR. *Le jeune Berger qui m'engage.*

S'il brûloit d'une ardeur nouvelle,
Je ferois un Amant nouveau;
Je confens qu'il la trouve belle,
Je vous trouve bien fait & beau :
Dois-je faire la Tourterelle,
Tandis qu'il fait le Franc-moineau?

SCENE VII.

LISETTE, Mlle. CATIN, BERTHOLDE.

LISETTE.

AIR. *Jupin de grand matin.*

MON Frere, dès ce jour,
Il faut fans retour
Partir de ce fejour.

BERTHOLDE.

Pourquoi donc ?

LISETTE.

Monfieur Dorimon
N'eft plus à mes yeux
Qu'un objet odieux.

AIR. *Entre l'amour & la raison.*

Il se déclare mon Amant ,
Il prétend que pour son argent
Je dois répondre à sa tendresse ;
D'une telle témérité ,
Mon cœur est encor agité.

Mlle. CATIN.

Quel excès de délicatesse !

LISETTE.

AIR. *Petits moutons gardez la plaine.*

Est-ce par interêt qu'on aime :
Trafique-t'on ainsi d'un cœur ,
Il ne dépend que de lui-même.

BERTHOLDE.

Oui , vous avez raison , ma Sœur.

Mlle. CATIN.

AIR. *Je me ris de qui fait le brave.*

Si l'on m'aimoit , comme on vous aime :
Belle , je ne me plaindrois pas ;
Je trouve une douceur extrême ,
A voir compter bien de ducats.
Si l'on m'aimoit comme on vous aime :
Belle , je ne me plaindrois pas.

SCENE VIII.

M. DORIMON, LISETTE, BERTHOLDE, Mlle. CATIN.

M. DORIMON.

AIR. *Non je ne ferai pas , &c.*

LISON vous me fuyez, que votre crainte ceſſe ,
Autant que vos attraits, j'aime votre ſageſſe ;
Si mes feux indiſcrets ont pû vous offenſer ,
C'eſt un tort qu'en ce jour l'Hymen peut effacer.

AIR. *Babet , que t'es gentille.*

Oui, je t'offre ma main ,
   Adorable Liſette ,
Si tu veux, dès demain
L'affaire ſera faite.

LISETTE.

Non, mon cher, Monſieur,
Non, c'eſt trop d'honneur
Pour une pauvre fille ;
D'ailleurs, mon cœur n'eſt plus à moi,
A quelqu'un j'ai donné ma foi,
Et je refuſerois un Roi.

BERTHOLDE, *à part.*

Jarni, qu'elle eſt gentille.   *bis.*

Mlle. CATIN.

Air. *Ah Phaéton.*

Ah Dorimon ! est-il possible
Que vous soyez sensible
Pour une autre que moi :
Ah Dorimon *!* est-il possible
Que vous m'ayez manqué de foi.

LISETTE.

ARIETTE QUATRIEME.

A tant de charmes ,
Rendez les armes;
De ses allarmes
Bornez le cours.
Calmes ses peines :
De vos amours ,
Serrez les chaînes
Pour toujours.

M. DORIMON.

Air. *La Fontaine de Jouvence.*

Les beaux sentimens qu'elle étale
De l'Opéra , sont un fragment.
Je l'aimois d'une ardeur égale ,
Sans crime, on rompt pareil engagement,
Et je pourrois être encor son Amant ,
Sans qu'elle fût votre Rivale.

Air. *Je n' sçaurois.*

Oui, c'est vous seule que j'aime,
Daignez couronner mes feux ;
Faites mon bonheur suprème,
En nous unissant tous deux.

LISETTE.

Je n' sçaurois
Abandonner ce que j'aime,
J'en mourrois.

Air. *Les Filles de Montpellier.*

Et toi mon cher Ecuyer,
Tu vois que ta sœur m'est chere.
Daignes pour moi t'employer ;
Fais que je sois ton beaufrere.

BERTHOLDE, *à part.*

Ahi, ahi, ahi !

M. DORIMON.

Air. *Nous sommes Précepteurs d'amour.*

Peinds-lui l'excès de mon ardeur,
Tu vois qu'elle n'est pas commune ;
Va, tu peux faire mon bonheur,
Et moi je ferai ta fortune.

BERTHOLDE.

Air. *Menuet d'exaudet.*

Les grandeurs,
Les honneurs,
La fortune,
Tout cela me tente peu,
Je vous en fais l'aveu.
Trop de bien importune,
Etre aimé,
Et charmé
D'une Belle,
C'est là le souverain bien ;
Tout le reste n'est rien,
Sans elle.
Tenez dans notre Village
On n'en veut pas d'avantage.
Un objet
Qui nous plaît
Peut suffire,
Joyeux, on nous voit sauter,
Courir, danser, chanter,
Et rire.
Quelquefois
Vos Bourgeois
Qu'on envie,
Au sein même des plaisirs
Poussent de gros soupirs ;
Quelle mélancolie !
A la Cour,
Ce sejour
Où tout brille,
On rit d'un ris emprunté,
Quand chez nous la gaîté
Pétille.

Mlle. CATIN.

Air. *Vous qui vous mocquez par vos ris.*

Ofer à mes yeux la priér :
Ceci m'accable encore,
On cherit jufqu'à l'Ecuyer,
On fait plus , on l'implore?
Avec fa fœur vous marier !

M. DORIMON.

Oui , puifque l'adore.

Mlle. CATIN *à* BERTHOLDE , *ironiquement.*

Air. *De la Befogne.*

Allons donc mon bel Ecuyer ,
Pour ton Maître il faut t'employer.
Brigue pour lui près de Lifette ,
Et voilà ta fortune faite.

BERTHOLDE.

Air *Laire la , laire lanlaire.*

Je ferois volontiers cela ,
Mais...

M. DORIMON.

Que veut dire ce mais-là ?

BERTHOLDE.

Que je ne puis vous fatisfaire ,
Laire là laire , lanlaire , &c.

M. DORIMON.

Air. *J'entends, le souper qui m'attend.*

Comment ?

BERTHOLDE.

Demandez à Lisette,
Sur ce point ma bouche est muette.

M. DORIMON.

Expliquez-vous donc clairement.

LISETTE.

Hé bien, voici tout le mystère.
Tenez, Bertholde n'est pas mon frere,
Vous voyez en lui mon Amant.

M. DORIMON.

Air. *Ma raison s'en va beau train.*

Ton Amant ! ah qu'as-tu dit ?
Quelle rage me saisit ?
Quoi ! lorsque mes vœux
Vous portent tous deux
Plus haut que votre attente,
Vous trahissez mon tendre feu !

Mlle. CATIN, *à part.*

Ah que j'en suis contente !

M. DORIMON.

Morbleu !

Mlle. CATIN.

Ah, que je suis contente !

M. DORIMON.

ARIETTE CINQUIEME.

Dieux ! quel prix de ma tendresse !
Quoi Traîtresse,
Ma vive ardeur
N'a pû toucher votre cœur?
Rien n'est égal à ma rage :
Quoi ! pour votre apprentissage
Avoir
Laissé voir
Un cœur aussi noir !
A votre âge
Je n'ai pas dû prévoir
Un début, & si méchant & si noir,
Sexe trompeur & volage,
Pour jamais je me dégage.
Je reconnois mon erreur,
Rien n'est égal à ma rage :
Pour jamais je me dégage.
Je sors d'erreur.
Oui, oui, ce sexe abominable,
Je le donne tout au Diable,
De tout mon cœur ;
Jamais d'amour,
Après ce tour
Execrable.

Oui , ce Sexe abominable
Je le donne tout au Diable ,
De tout mon cœur.

Il fort.

Mlle. CATIN.

Air. *L'Amour n'eft pas un jeu.*

Hé bien donc , Monfieur Dorimon ,
Boudez , fi cela peut vous plaire ,
J'aurai plus d'une occafion
A pouvoir de vous me diftraire :
Vingt marquis pour moi font en feu ,
Et briguent le moment propice ;
Vous le fçavez , pour une Actrice ,
Changement n'eft qu'un jeu.

BERTHOLDE , *à Lifette.*

Air. *Bouchez , Nayades.*

L'un d'un côté , l'autre de l'autre :
Ma Chere , allons auffi du notre ;
Fuyons loin de cette maifon ,
Retournons à notre Village.

LISETTE.

Et de peur de contagion ,
Quittons vîte cet équipage.

BERTHOLDE.

ARIETTE SIXIE'ME.

Le Ciel va rendre à mes vœux
Ma chere Crémaillere.

O jour heureux !
O fort délicieux.
Pourquoi vous eft-elle fi chere ?
Dira quelqu'envieux ?
Voici la raifon :
Affis fans façon
Près de ma Lifon,
J'entends, avec elle, j'entends bouillir dans notre chau-
diere,

Nos choux, nos marons
A gros bouillons.
Vien, vien, ma Menagere,
Vien, vien, dans ma chaumiére,
Vien voir bouillir nos marons
Ah, la bonne chere
Que nous allons faire,
O jour, ô fort heureux !
O fort délicieux.

APPROBATION.

J'Ai lû par Ordre de Monfeigneur le Chancelier *Bertholde à la Ville*, Opera-Comique, faifant partie du
nouveau Recueil des Pieces repréfentées fur le Théâtre
de l'Opera-Comique, & je crois que l'on peut en per-
mettre l'impreffion. A Paris, ce 25 Février 1754.
CRE'BILLON.

PREMIERE *ARIETTE.*

nous; d'honneur, Je fuis de bon cœur vôtre

fervi- teur; Et dans le même tems, Il

rit à fes dépens, Entre les dents, Bonjour mon

A

cher monsieur, Embrassons-nous ; d'honneur, Je
suis de bon cœur vôtre servi- teur, Et
dans le même tems, Il rit à ses dépens
Entre les dents, Entre les dents, Entre les
dents, Quand le hazard ensemble
Les rassem-ble, Les rassem- ble Quelque part,

Bonjour mon cher Monsieur, Embraffons
nous, d'honneur; Je fuis de bon cœur votre ferviteur, Bonjour mon cher Monfieur,
Embraffons ; nous d'honneur, Je fuis de
bon cœur vo- tre fervi- teur, Je fuis de
bon cœur votre fer- vi- teur : Et dans le

C

même tems, Il rit à ſes dé-pens, Entre les
dents, Bonjour mon cher Mon- ſieur, Embraſſons
nous, d'honneur, Je ſuis de bon cœur votre
ſer- vi- teur, Et dans le même tems Il
rit à ſes dépens, Il rit à ſes dé- pens
Entre les dents, Entre les dents, Entre les dents.

II. ARIETTE

C ij

traits, Se livre à tes traits. Mon
cœur, Dieu plein d'attraits ; se livre à tes traits.

III. ARIETTE.

Vo- tre cœur en-vain mur- mure, Je vous
jure, Je vous jure Que vous êtes dans l'erreur ; Je vous jure, Je vous jure Que vous
êtes dans l'er- reur. Ja- mais pour moi

l'opu- lence, Plus j'y penſe N'au- ra
d'at- traits: Il faut fai- re lai-re lanlaire Pour me plaire, Briller à mes yeux,
Il faut fai- re Pour me plaire, Briller des
dons, plus pré-ci- eux, Il faut fai-re, Pour me
plaire, Il faut faire laire lan-laire Bril-
C iij

ler à mes yeux Des dons plus préci- eux, Il faut
faire laire lan- laire Briller à mes yeux Des dons
plus pré- ci- eux; Briller à mes yeux Des dons
plus préci- eux, Vo- tre cœur en-
vain mur- mure, Je vous ju-re, Je vous jure
Que vous êtes dans l'er- reur; Je vous jure,

Je vous jure Que vous êtes dans l'erreur.
Pour moi jamais l'o- pu- lence, Plus j'y
pense; N'aura d'at traits. Je vous jure, Je vous
jure, Que vous ê-tes dans l'er-reur, Votre
cœur envain mur-mure, Votre cœur envain mur-
mure, Je vous jure, Je vous jure Que vous

êtes dans l'er- reur. Il faut fai- re
laire lan- laire, Pour me plaire, laire lanlaire, Il faut fai- re laire lan- laire, Briller à mes yeux Des dons plus préci- eux. Je vous
jure, Oui, je vous jure, Oui, Vous ê-
tes dans l'er- reur Oui, oui, Il faut fai- re

laire lan- laire , Il faut fai- re laire lanlaire, Pour me plaire laire lan- laire Briller à mes yeux Des dons plus préci- eux , Faire
bril-ler laire lan- laire à mes yeux Des dons

plus pré-ci- eux.

IV. ARIETTE.

A Tant de char-mes , Rendez les ar- mes

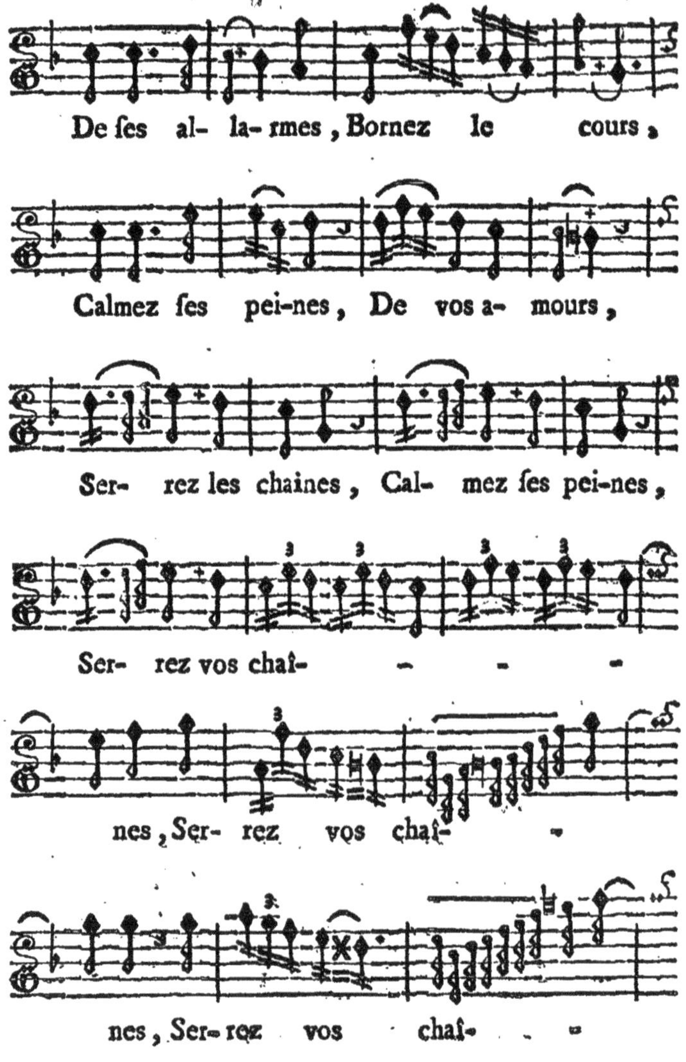
De ses al- la- rmes, Bornez le cours,
Calmez ses pei-nes, De vos a- mours,
Ser- rez les chaines, Cal- mez ses pei-nes,
Ser- rez vos chaî- — — —
nes, Ser- rez vos chaî-
nes, Ser- rez vos chaî- —

nes , Ser- rez vos chaî- - nes
Pour toû- jours. A tant de char-mes,
Rendez les ar-mes, De ſes al- lar- mes
Bor-nez le cours, .Calmez ſes pei- nes ,
Ser- rez vos chaî-
nes pour toû- jours,

Cal- mez ſes pei- nes , Des vos a- mours
Serrez les Chaînes,Serrez les chaî-
- nes
Pour toû- jours, Pour toû- jours.

V. ARIETTE.

Dieux!quel prix de ma ten-dreſſe, Quoi trai-
treſſe , Quoi trai- treſſe , Ma vive

ardeur, Ma vive ardeur, N'a pû tou-cher
votre cœur, Ma vive ardeur, Ma vive ardeur,
N'a pû toucher votre cœur. Rien n'est
é- gal à ma rage ; Quoy pour
votre appren- tif- fage, Avoir laif-
fé voir Un cœur auf- fi noir, A vo-

tré â-ge Je n'ai pas dû pré-voir, Un dé-
but & si méchant & si noir. A votre â-ge
Je n'ai pas dû pré-voir Un dé- but & si
méchant & si noir. Sexe trompeur & vo-
la- ge, Pour ja- mais je me dé- gage;
Je re- connois mon er- reur, Se-xe

trompeur & vo- lage, Je re- connois
mon er- reur. Rien n'est é-gal à ma rage,
Rien n'est é-gal à ma rage, Pour jamais je me dé- gage; Je re- connois mon erreur, Je sors d'er- reur Oui, oui, Oui ce
sexe a- bo- mi- nable, Je le donne tout au

Diable, Je le don- ne tout au Diable, De
tout mon cœur : Jamais d'amour, Après ce tour
E- xé- crable. Jamais d'amour Après ce tour
E- xé- carble, Oui, oui, oui, oui. Oui ce
féxe a- bo- mi- nable Je le donne tout au
Diable, Je le donne tout au Diable, De

tout mon cœur; Oui ce féxe a-bomi-nable, Je le
donne tout au Diable, Je le donne tout au
Diable, De tout mon cœur, Au Dia- ble, De
tout mon cœur, Au Dia-ble, De tout mon cœur, De
tout mon cœur, De tout mon cœur.

VIe. ARIETTE.

LE Ciel va rendre à mes vœux, Ma

chere cré- mail-le- re, O jour heureux ! O
fort dé- licieux ! O fort heureux ! O jour dé-
li-cieux ! Pour-quoi vous eſt-elle ſi
chére, Di- ra quelqu'en- vi- eux ? Dira quelqu'en- vi- eux ? Voi- ci la raiſon : Aſ-
fis ſans fa- çon, Près de ma Li- ſon :

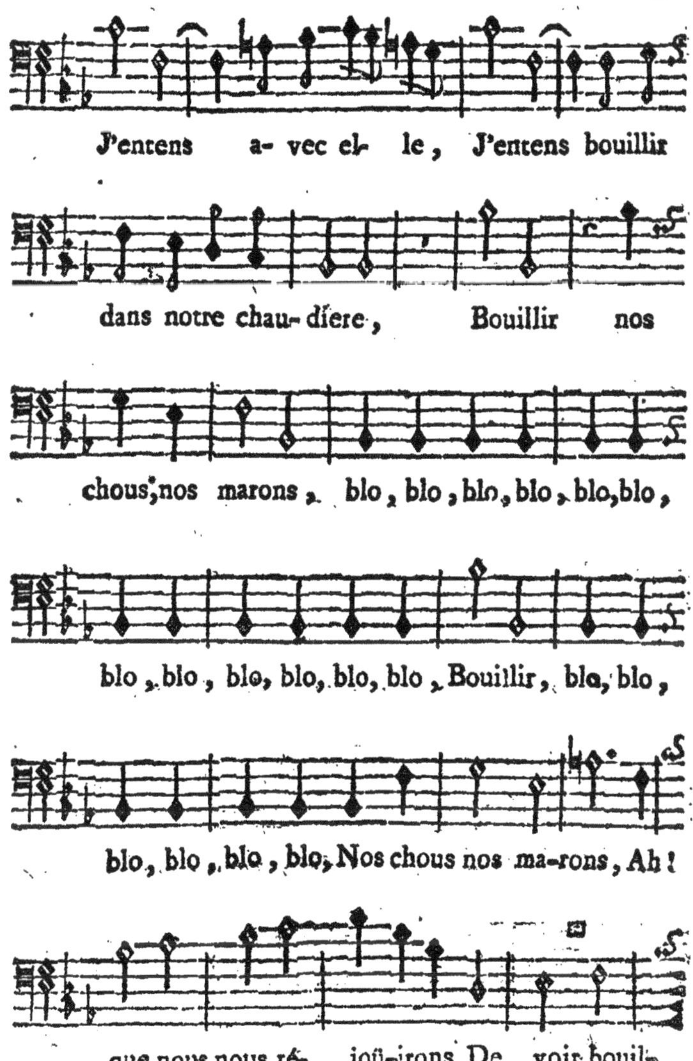
J'entens a-vec el- le, J'entens bouillir
dans notre chau-diere, Bouillir nos
chous, nos marons, blo, blo, blo, blo, blo, blo,
blo, blo, blo, blo, blo, blo, Bouillir, blo, blo,
blo, blo, blo, blo, Nos chous nos ma-rons, Ah!
que nous nous ré- joü-irons De voir bouil-

lir nos ma-rons, A gros bouillons, Blo, blo,
blo, blo, blo, blo, Bouillir blo, blo, blo, blo.
blo, blo, blo, blo, blo, blo, blo, blo, blo, Nos marons, A gros bouillons, Nos marons, A gros
bouillons. Viens, viens, Ma ména-
gere; Viens, viens, Dans ma chau-

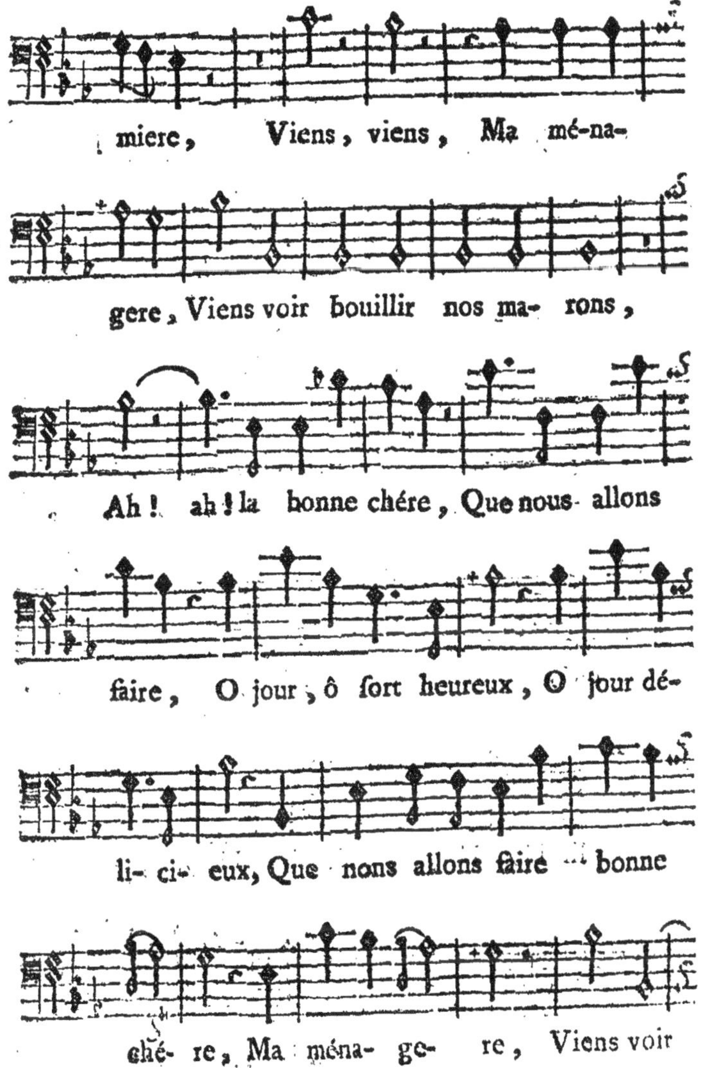
miere, Viens, viens, Ma mé-na-
gere, Viens voir bouillir nos ma- rons,
Ah! ah! la bonne chére, Que nous allons
faire, O jour, ô fort heureux, O jour dé-
li- ci- eux, Que nons allons faire bonne
ché- re, Ma ména- ge- re, Viens voir

bouillir dans notre chau-diere, Bouillir
dans no-tre chau- diere, Bouillir
Nos chous, nos marons, Blo, blo, blo, blo,
blo, blo, blo, blo, blo, blo, blo, blo, Bouillir blo, blo, blo, blo, blo, blo, blo, blo; Ah!
que nous nous di- verti- rons! Ah! que nous

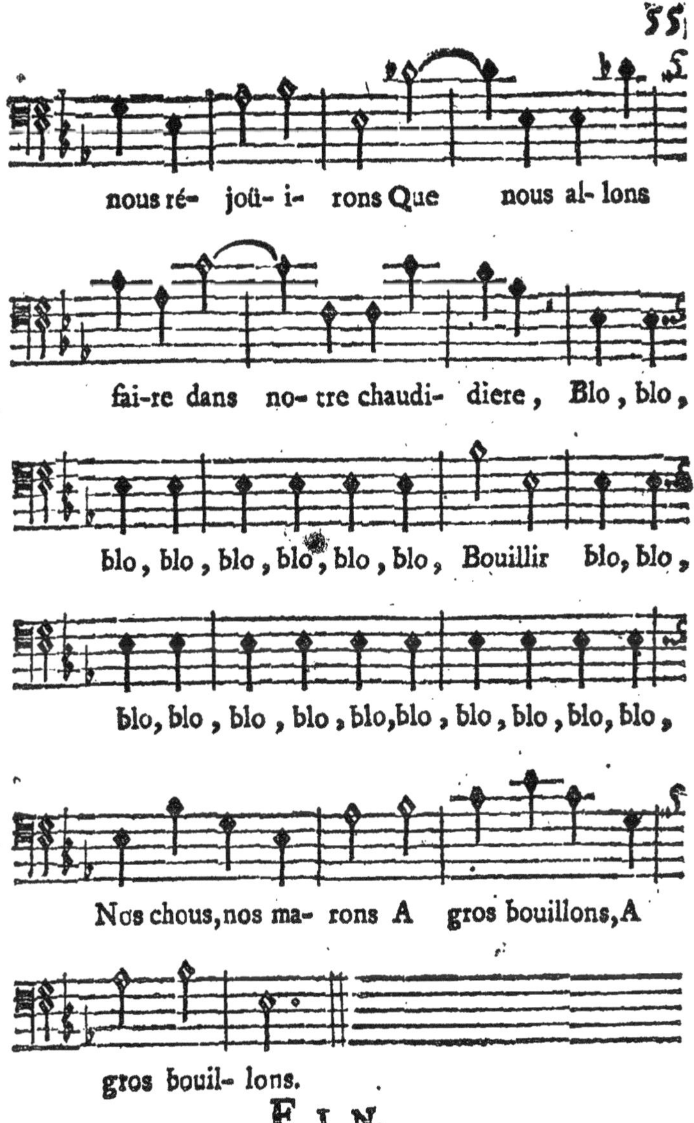

nous ré- joü- i- rons Que nous al- lons
fai-re dans no- tre chaudi- diere, Blo, blo,
blo, blo, blo, blo, blo, blo, Bouillir blo, blo,
blo, blo, blo, blo, blo, blo, blo, blo, blo, blo,
Nos chous, nos ma- rons A gros bouillons, A
gros bouil- lons.

FIN.